AF322181

A NOBLE CLAVDE
...OIS, SIEVR
...Grezes.

MONSIEVR, cherchant dans les cayers de mes deuots exercices, quelque ouurage peint de coleurs sortables à vostre pieté, pour le vous offrir, i'ay de bonne fortune rencontré ce Pecheur penitent: il n'y a pas long temps qu'il a repudié ses iniquitez, & iuré diuorce auec le monde: sa confession denonce ses crimes fort recens, & ses yeux fluent de larmes toutes fraisches. Si ie le depose entre vos mains, c'est à fin qu'en le cõmuniquãt au iour, vostre adueu authorise sa penitence, & donne creance à ma plume, à fin que vous ressentiez quelque poincte d'allegresse pendant que le ciel celebrera sa conuersion; ou plustost à fin qu'il paroisse auec plus d'audace, & auec moins d'apprehension à la presence des Iustes, pour les fortifier

en leur iustice, & aux yeux des pecheurs,
pour leur faire renoncer aux excés de
leurs mauuais deportemens. Si quelque
curieux desire de posseder ce Penitent
en sa realité, ie le prieray de se contenter
de le posseder en son image, & l'exhor-
teray pluſtoſt de se peiner à l'imiter, que
de desirer à le voir, veu que sa veuë ne
sçauroit point apporter d'aduātage à son
ame, & qu'en l'imitant il peut faire le
bien de sa conscience. D'ailleurs, que c'eſt
l'humeur du prophane, de voir tout ſans
rien apprendre, i'entends rien, de ce qui
peut seruir à son salut : comme l'office
du sage d'apprendre tout ſans rien voir:
ie dy rien, de ce qu'vne trop freſle enuie
nous faict desirer, certain que la sageſſe
ne consiſte pas à l'œil, ains au iugement
de sçauoir mesnager les ſacrez preceptes
qui nous sont dónez pour noſtre inſtru-
ctió. Si mes vers n'ont de phraſes riches,
ny de poinctes ſubtiles pour donner em-
phaſe aux sanglots, aux souſpirs, & aux
larmes de ce Pecheur, ou pour illuſtrer
ses plaintes, ie suis excuſable, attendu
que c'eſt vn des premiers eſſais de ma
Muze : ie sçay bien neantmoins qu'vne
infinité d'ignorans, ou d'enuieux, feront

trophec

trophee de leur faire seruir de bute à
leurs censures, & de iouët à leur mesdi-
sance : mais ce m'est tout vn, pourueu
que vous en fassiez cas : aussi n'est-ce qu'à
vous particulièrement à qui ie desire
qu'ils paroissent agreables, & non à ces
Aristarques, ny à ces Zoïles, lesquels ne
conceuät de l'admiration que pour eux,
enfantent du mespris pour tout le monde, trop ennemis de la vertu d'autruy,
ou trop amoureux de leur vanité. Ne
rejettez point ce premier fruict de mes
labeurs, ains receuez-le auec la mesme
franchise que ie le vous dedie, & de pareil zele que ie suis

Vostre tres-humble, tres-obeyssant,
& tres-affectionné seruiteur,

RANQVET.

Audict Sieur de Grezes,
SONNET.

Pour peindre à nos neueux d'vn art doctement
  beau,
  Ton diuin iugement, ta felice memoire,
  Et de tes actions le merite & la gloire,
  Il faudroit qu'Apelles me fournist de pinceau,
L'Aurore de couleurs, l'vniuers de tableau,
  Mercure d'argument, & comme ie veux croire,
  Qu'Ebé me resignast sa belle main d'yuoire,
  Apollo son sçauoir, & Pallas son cerueau.
Cher de Grezes pour lors d'vn traict inimitable,
  Ie tirerois au vif ta memoire admirable,
  Tes riches actions, & ton beau iugement:
Mais indigne d'auoir leurs faueurs en partage,
  Et craignant de faillir, pour n'estre preu sçauât,
  Ie laisse à ta vertu l'honneur de cest ouurage.

A Madamoiselle de Grezes,
SONNET.

Comme on voit au matin les beautez de l'Au-
  rore,
  Deuancer d'vn beau cours la course du Soleil,
  Et descouurir à l'œil vn riche teint vermeil,
  Peint de rares couleurs dont le ciel se decore.
De mesme la vertu faict sainctement esclorre
  De vostre bel esprit, (vous seruant de conseil,
  Et rendant vostre honneur à son lustre pareil,)
  Mille perfections dont ce climat s'honnore.
Ainsin l'Aurore espard au ciel mille couleurs,
  Ainsi espand sur vous la vertu ses faueurs,
  Ainsin en leurs effects n'a point de difference,
Sinon tant seulement, ô bel esprit Diuin,
  Que la vertu tousiours faict en vous residence,
  Et l'Aurore iamais ne luit que le matin.

A MONSIEVR RANQVET,

sur son Image du Pecheur penitent,

SONNET.

Puis qu'vn Soleil tout beau sort d'vne nuict obscure,

Pvù que tu recognois du peché la nature,
  Opposant ton esprit encontre son effort,
Ranquet, il t'est facile exiler de leur fort
L'Hydre des voluptez, & le Dieu d'Epicure,
Puis qu'vn Soleil tout beau sort d'vne nuict obscure,
  Aux clartez de ses rais il faut gagner le port,
  Euiter ses escueils, ses Charybdes de mort,
  Et guider nostre nef à ceste Cynosure.
Pecheur, dans ce cristal mire toy nuict & iour,
  Vois-y la volupté bannie de sa cour,
  L'iniquité destruite, & sa force vaincuë.
Et surmontant la chair, le monde, & les enfers,
  Imite les Esleus, & quitte les peruers,
  Comme ce Penitent, qui s'expose à ta veuë.

ARNAVD.

A MONSIEVR RANQVET,

Anagramme.

GABRIEL RANQVET.
NAQVIT AGREABLE.

Sizain.

Quand tu verras (lisant les rares vers,
Que Ranquet peint dans ses doctes cayers)
De son esprit la grace inimitable;
Sçache dés lors, que par vn heur fatal,
Quand il voudroit, il ne peut faire mal,
Veu qu'il nasquit à la Muze agreable.

I. M.

A Monsieur Ranquet contre les medisans,

STANCES.

DE tes vers, enfans de ton ame,
Vn diuers iugement naistra,
L'ignorant leur donrra du blasme
Et le docte les loüera.

Si quelque docte par enuie
Les lisant dit qu'ils sont mal faits,
Responds-leur que les plus parfaits
Sont sujets à la calomnie.

I. M.

L'IMAGE
DV PECHEVR
PENITENT.

L est vray, Toutpuissant, i'estois en-
cor à naistre,
La matrice seruoit à mes iours im-
parfaits,
De nourrice, de lict, d'entretien, de
palais,
Que i'estois en peché, ne sçachant pas de l'estre.

Aussi tost que ie fus esclos de la matrice,
Aux baptismales fonts ie me vis netoyé:
Aux baptismales fonts mon peché fut noyé,
Et mon ame se vid exempte de tout vice.

Ie vesquis quelque temps priué de cognoissance,
Enuelopé popin dans vn aage innocent,
Sans offencer le ciel: mais ce fut seulement
Que i'estois impuissant pour commettre vne offence.

Le clair flambeau du iour n'eut plutost fait la rode
Sept fois au Zodiaque, esclairant dessus moy,
Qu'vn folatre desir me va donnant la loy,
Que le peché me plait, que i'embrasse le monde.

Repaissant mon cerueau d'vne fole allegresse,
Ie cherchois aueuglé ce qui plus me nuisoit,
Et voulois hebeté ce que plus m'abusoit,
Et ce que plus pipoit ma peu caute ieunesse.

Côme mes ans croissoiët, ainsi croissoiët mes vices,
Ie me bailloû moy mesme en proye aux vanités,
I'enyurois mon esprit des douces voluptés,
Et recherchoû mon bien dedans mes preiudices.

Ainsi helas! ainsi en formant des abysmes
De differents pechez par moy mesme seduit,
Et faisant mal sur mal, & delit sur delit,
Ie croupissoû santi ssoubs l'onde de mes crismes.

Aualant à longs traits la douceur pecheresse,
Suborné doucement par vn demon accort,
Sans craindre d'aualler le venin de la mort,
Et sans craindre du ciel la riguenr vengeresse.

Ie faisois du peché en l'auril de mon aage
Vn temple à mes plaisirs, vn autel à mes vœux,
Vn Astre à mes souhaits, vne idole à mes yeux,
Tant i'estoû auenglé, & tant i'estois peu sage.

Semblable à celuy là qui plein de frenesie
Tient en main le couteau dont il veut s'esgorger,
Et rempli de fureur se plait à le plonger
Mille fois dans son sein aux dessens de sa vie.

Car comme furieux (en y pensant) ie pasme,
Ie plongeois du peché l'homicide couteau,
Au sein de mon salut luy donnant vn tumbeau,
Et perfide à mon bien, i'assassinois mon ame.

Mon cauteleux demon pour flater ma folie,
Rendoit mes voluptez aussi douces que miel.
Et me faisant quitter le seruice du ciel,
Me faisoit courtiser les plaisirs de la vie.

Ma.

Ma raifon eftoit morte, & dans ma confcience
N'hebergeoit que le monftre, & l'hydre du peché,
Qui d'vn charmeur appas me tenant aleché,
Alechoit mes erreurs au plaifir de l'offence.

Mes oreilles s'aimoyent, ô crime tout extreme,
Aux plus fales difcours, mes yeux à connoiter,
Mes mains à tatonner la chair pour la tenter,
Mon gouft aux doux feftins, & ma langue au bla-
(fpheme.

Dans le fleuue d'obly, en faueur de fon onde,
I'auois enfeuely le fouuenir des cieux,
Ie faifois de ma chair mon bien delicieux,
Vn Dieu de mes plaifirs, vn paradis du monde.

Mon corps & le peché, quelle eftrange manie!
S'eftoyent fi biē vnis qu'ils n'auoyēt qu'vn vouloir,
Mes ieurs obeyffoient aux loix de leur pouuoir,
Et mon ame feruoit d'obiect à leur folie.

Ainfin afubieti à mille & mille vices,
Ainfin abandonné à toute iniquité,
Ie fondois mon bonheur deffus la volupté,
Et le ciel de mon mieux confiftoit aux delices.

Quand l'Eternel fafché de voir mes infolences,
Dans l'ombre du fommeil me fit voir clairement,
(Pour ne me perdre point fans aduertiffement,)
Son courroux apreſté pour punir mes offences.

Ie vis la nuict fongeant dans le ciel fept cometes,
Predifants à mon ame auffi bien qu'à mon corps,
Sept fupplices diuers, & fept fortes de morts,
Des fept pechés mortels les viuantes Prophetes.

Des sept pechés mortels mes iours par trop coulpa-
Dignes de receuoir l'enfer pour chastiment,   (bles,
Remplirent mon esprit d'vn froid estonnement,
Pensant desia souffrir des supplices semblables.

                                            (blesme,
Mon poil se dresse en haut, mon teint deuient tout
Mon cœur sans mouuement , ma vie sans esprit,
Mon sommeil sans repos, mes poulmons sans respit,
Et bref estant en moy ie fus hors de moy mesme.

Las mon Dieu! disois- ie, deplorant ma misere,
En voyant dans le ciel ces flambeaux attachés,
L'Eternel par l'enfer veut punir mes pechés,
Et monstrer en ma mort les traits de sa colere.

Il me sembloit auis que la main de la Parque
Dedans l'orque treinoit mon miserable corps,
Que mon mauuais demon luy seruoit de records,
Que l'infernal nocher me passoit dans sa barque.

Souspirant ces propos, las, helas! quelle geine
Sera pour moy crée, & quels tourmans nouueaux,
Puis que i'ay perpetré toutes sortes de maux,
Et qu'on va pariant le crime auec la peine.

Ie m'esueille en ce poinct plein de douce merueille
Ioyeux de me voir loing du Charontide port,
Resemblant au dormeur qui songe qu'il est mort,
Et qui se treuue en vie aussi tost qu'il s'esueille.

Et m'escriant tout haut ces paroles i'estance:
Ha, Seigneur il est vray, i'ay failly deuant toy
Negligeant mon salut , & m'esprisant ta loy:
Mais quel homme iamais as tu veu sans offance?
                                        Seigneur

Seigneur ie me presente au deuant de ta face,
Pour confesser ma faute, & demander pardon,
Et pour auoir de toy en faueur, & pur don,
A iamais ton amour, & pour tousiours ta grace.

Il est bien vray, Seigneur, d'Automne les semçes,
De l'Hiuer les frimats, du Printemps les fleurons,
De l'Esté les espics, de la mer les sablons,
Ne sçauroyent esgaler mes coulpables offences.

Mais qui peut esgaler ta faueur & ta grace,
Ou ta misericorde? & quel est le pecheur,
Qui deplore sa faute, & quitte son erreur,
Qu'aussi-tost ta bonté ne luy monstre la face?

Tirant tout mon espoir de ces propos sublimes,
Prononcez par la voix de mon cher Redempteur:
Ie ne veux point la mort du coulpable pecheur,
Ains qu'il se recognoisse, & qu'il pleure ses crimes.

O celestes propos! ainçois douces merueilles,
Qui confortez l'espoir du pecheur desolé,
Pour vous ouyr tousiours, que ie sente coulé
Mon cœur à vos accents, vos airs à mes oreilles.

De mes larmes soudain ie fais deux grands ri-
Et deuot repentant d'vn veu deuotieux,   (uieres,
I'abysme mes forfaits dans le flux de mes yeux,
Et sauue mon salut, en noyant mes paupieres.

Le Prophete Royal, qu'vn repentir enflamme,
Sentant d'vn vif regret tous ses os poinctelez,
Par les tourrents, des pleurs de ses yeux distilez,
Abolit ses pechez, & reblanchit son ame.

Du Lazare la Sœur par trop voluptueuse,
Apres qu'en la luxure elle eut saly ses mœurs,
Par vn beau repentir, en se seruant des pleurs,
Gagna l'amour de Christ, & se fit bien-heureuse.

Sainct Pierre ayãt failly, niant lors qu'õ l'adiure
De dire, s'il cognoist le Monarque des cieux,
En resignant ses pleurs au deuoir de ses yeux,
Obtient vn beau pardon à sa faute pariure.

Pleurex, mes yeux, pleurex: hé quels plus dignes
Pour charmer à iamais la colere de Dieu? (charmes
Transformez-vous en pleurs, puis que les pleurs ont
Et puis que mõ salut se releue en vos larmes. (lieu,

Rãdez vous pour tousiours belles larmes fecõdes,
Puis que vos sacrez flots du ciel sont approuuez,
Beau surjon de mes yeux, heureusement lauez
L'horreur de mes pechez dãs l'argent de vos ondes.

Que ie pleure sans fin, remply de repentance,
A fin qu'en cest estat la mort sille me yeux,
Qui meurt en repentant va viure dans les cieux,
Imitant le Phœnix qu'en sa mort prend naissance.

Et vous qui vous portez dãs les loges plus hautes,
Petits tesmoins du dueil qu'on a d'auoir peché:
Souspirs qui reuelez le martyre caché,
Que ne souspirez-vous la grandeur de mes fautes?

O bien heureux souspirs, dõt le doux vẽt m'en-
Allez d'vn vol sacré sur le cristal des cieux, (flame
Comme abeilles, cueillir les fleurons glorieux,
Des celestes faueurs en faueur de mõ ame.

Chargez

Chargez vos aisserons, ainsi comme l'auette,
De la grace diuine, & de l'amour du ciel:
Et retournant ça bas pour en tirer le miel,
Que mon ame à iamais vous serue de ruchette.

Mais auant que partir, ieune troupe enfantine,
Remplissez vos beaux yeux de mes humides pleurs,
Pour descouurir à Dieu mes extremes langueurs,
Et pour mieux obtenir sa clemence diuine.

Et pour luy faire ouyr l'ennuy qui me surmonte,
Et le saint repentir qui domine mes iours,
A sa douce pitié faites en le discours,
A fin que sa pitié par pitié le luy compte.

Et vous sacrez sanglots, tesmoins de ma tristesse,
Las! puis que vous naissez de mon cœur penitant,
Suyuez ce sainct trouppeau, qui vole souspirant,
Et de ses aisserons imitez la vistesse.

Mais nõ, mes chers sãglots, demeurez dãs mõ ame,
Pour brusler mes pechez dãs l'ardeur de vos feux,
Et pour mieux nettoyer mon salut glorieux,
Dans les sainctes ardeurs de vostre viue flame.

O beaux feux, dont l'ardeur sangloté estincelãte
O beaux sanglots, germains de ma triste langueur,
Dont les sons redoublés descouurent la vigueur,
Eschauffez pour iamais mon ame penitante.

Chers sanglots, animés de flammes toutes belles,
Qui dessus le peché restez victorieux,
Mon forfait opposé aux ardeurs de vos feux,
Fond ainsi que la cire opposée aux chandelles.

Que

Que mes iours beaux sanglots, vous seruent de vi-
    ctimes,
Puissiez vous à iamais sangloter dedans moy,
Puis que vous espurez mes œuures, & ma foy,
Et que vous consumez mes fautes, & mes crimes.

Dieu qui des repentants rends les angoisses calmes,
Permets moy que sans fin ie puisse sangloter,
Puis que de mes sanglots ie dois sans fin tirer,
Des eternels lauriers, & d'immortelles palmes.

Ainsi ce pecheur là, ces offences deteste,
Ainsin parloit son ame, ainsin il gemissoit,
Ainsin en penitent sainctement s'acqueroit
La clemence, l'amour, & la grace celeste.

SVR

SVR LA MORT ET
Passion du Fils de Dieu,

STANCES.

Voicy le sainct Phœnix, qu'espris d'amour ex-
treme,
Court au trespas pour nous, & s'immole au bucher:
Voicy le Pelican qui se meurtrit soy mesme,
Et nous donne son sang pour nous ressusciter.

Ainsi qu'vn doux agneau qu'on meine au sa-
crifice,
Il endure l'outrage, & le mal qu'on luy fait,
Et pour nous redimer, se consacre au suplice,
Non pas comme forcé: mais parce qu'il luy plait.

En reparant d'Adam la damnable morsure,
Il s'expose aux tourmēs, des inhumains bourreaux,
Souffrant, bien qu'il soit Dieu, toute sorte d'injure,
Et homme, patissant toute sorte de maux.

Le voila qui desliure aux detresses sa vie,
Et son corps glorieux dessus la croix pour nous,
Aux douleurs son esprit, son ame à l'agonie,
Aux espines sa teste, & ses membres aux cloux,

Il n'est pas sur la croix, qu'vn chascun le con-
temple:
L'vn le va blasphemant, l'autre se rit de luy:
Mais luy, qui veut seruir aux affligez d'exemple,
Recele sa douleur, & cache son ennuy.

Il crie qu'il a soif, du vinaigre on luy porte:
Il dit les derniers mots, s'incline, & rend l'esprit:
Le temple lors se fend, sa face deuient morte,
La terre tremble toute, & Phebus s'obscurcit.

Voila de son amour les plus lucides flames,
Puis qu'il a sur la croix ses membres attachez,
Pour purger par son sang la lepre de nos ames,
Et lauer pour iamais nos, enormes pechez.

Heureux ! puis que Iesus mourant nous viuifie,
Nous rendant par son sang, pour tousiours bienheu-
    reux:
Aussi s'il vainc la mort pour nous donner la vie,
Il ferme les enfers pour nous ouurir les cieux.

A ILLY.

A ILLVSTRI IME
ET REVERENDISSIME
CLAVDE DE BELIEVRE,
Archeuefque & Comte de Lyon, Pri-
mat des Gaules, &c.

SONNET.

Grand Prelat en feruant de fouftien à l'Eglife,
Vous vniffez prudent, ainfi que s'apperçoy,
Le zelle à la doctrine, & l'œuure auec la foy:
Auffi le ciel vous ayme, & le monde vous prife.
Et pour nous garantir de l'infernale prife,
Vous nous baillez à tous pour mot du guet, Ie
croy,
Pour enfeigne la croix, l'amour de Dieu pour loy,
Pour nos armes fa crainte, & fon nom pour de-
uife.
Ainfi les nourriffons de vos enfeignemens,
Nous fuyuons, grand Prelat, vos fainsts com-
mandemens,
Campez dans le bercail de voftre bergerie,
Où i'ay deuotement mon falut attaché,
Et où vous efleuez, en vainquant le peché,
Le trophee eternel d'vne immortelle vie.

Sur

Sur vne fieure continue qui tint l'Auteur au lict dans Tholoze quatre mois,

SONNET.

N'Eslance plus, Seigneur, sur mon ame ton ire,
Mes iours sont langoureux , mes membres af-
foiblis,
Ma voix tousiours se plaint, mon cœur tousiours
souspire,
Mes maux sont en vsage, & mes biens sont fallis.
Dans ma veine la sieure a formé son empire,
Et l'ennuy qui m'assaut forme dans mes esprits,
Pour agrandir mon mal, & croistre mõ martyre:
De mon repos ma peine, & de mes iours mes
nuicts.
Si ie m'enquiers, bõ Dieu, d'où prouiẽt ma souffrãce,
Ne respondras tu pas, que c'est de mon offance,
Et que pour mon messait donce est l'aduersité
Ce seroit blasphemer de dire le contraire:
Mais si ce mal est d[...] mon iniquité,
Pour ma fragili[...] seuere,

Extraict du Priuilege du Roy.

PAr grace & Priuilege du Roy, il est permis
à Claude Morillon, d'imprimer, vendre &
debiter vn liure, intitulé: *L'exil de la volupté*, ou
Histoire de Thays Egyptienne, conuertie par Pas-
nuce: auec *l'Image du Pecheur penitent*, ensemble
vn Dialogue auec la Muze, & autres œuures Poë-
tiques: le tout composé par *Gabriel Ranquet*, du
Puy en Velay. Auec defences à tous Libraires &
Imprimeurs de ce Royaume, de les imprimer,
vendre ny debiter, aux peines portees par les
lettres parentes de sa Majesté, donnees au mois
de Iuillet, 1611.